KB172492

기다림은 단단했다

기다림은 단단했다

문힘시선 030

기다림은 단단했다

김용호 시집

도서출판 **문화의힘**

긴 겨울 당신의 외출처럼 기다림의 시간은 길었지만 단단해지기를 바랐다.

"하나님의 지으신 모든 것이 선하매 감사함으로 받으면 버릴 것이 없나니" (디모데전서 4장 4절)

성경 말씀에서 다소나마 위안을 얻고 감사한다.

만물과 사유思惟가 하나님의 지으신 모든 것 중에 속한다면 나의 이 작은 독백도 조금은 용납이 되고 공감의 부스러기라도 남게 되기를 바라는 마음이다.

두 번째 시집은 2016년부터 지난해까지 사람과 사물과 자연을 바라보면서 부족한 시어로나마 승화시켜 보고자 했던 나의 작은 소망의 편린片鱗들이다.

철학자 하이데거는 "예술의 세계에서는 오히려 있는 것에 가려져서 없는 것으로 간주되고 있는, 그리하여 우리의 시각이 그리로 향하지 않는 것을 부각시킨다"라고 하였다.

예술로서의 시란 우리가 사물을 대하면서도 보지 못하는 가려져 있는 것들을 끄집어내어서 독자와 공감하려고 노력하는 과정이 아닌가 생각한다.

내게서 가려져 있던 것들은 '사람들은 둥근 지구에 살면서 어지러워하고 기도시간도 길어졌다'는 사실이었다.

해마다 봄이 오고 여름이 열리고 가을이 빛을 발하지만 나부터도 겨울을 살고 있는 거였다.

비 온 뒤에 단단해지는 땅처럼, 퇴고를 거듭해서 겨우 한 편 써지는 시처럼 다시 시작하는 마음으로 내가 시가 된다.

언제나 내 삶을 인도하시는 하나님과 항상 부족한 나를 포용해주는 아내와 가족 모두에게 감사를 드린다.

시와 예술을 사랑하며 함께 교류하는 선배 문우님들께도 감사를 드린다. 또한 국가문화예술지원사업의 도움으로 이 작은 시집을 출간하게 됨을 감사드린다.

2023년 가을

김용호

제1부 삶, 사람이 사는 지구

제2부 봄, 기다림은 단단했다

제3부 여름, 비非를 기다리며

제4부 가을, 그대를 우려내다

제5부 겨울초, 또 다른 시작

제1부

삶, 사람이 사는 **지구**

사람이 사는 지구

옛날 태양이 지구 주위를 돌 때 사람들은 마음이 평화로웠고 머리가 맑았었다 평평한 지구의 잔잔한 바다에서 먹을 만큼 고기를 잡고 들판에는 거친 곡식으로도 풍년가를 부르며 하늘에 감사했다

심심해진 사람들은 나침판을 만들고 배를 만들어 바다 여행을 나섰다 바다가 둥글다는 것을 알고 바닷물이 쏟아질까 불안해하면서도 탐욕의 바다에서 고기를 잡았다 지구가 둥글어지자 발밑이 불안해서 남자 아이들은 축구공에 열광하기 시작하고 여자 아이들은 둥근 거울로 둥근 얼굴을 비춰 보기를 좋아했다 더 둥글어지려는 지구의 자전 속도 때문에 밤이 길어지고 아이들의 밤문화가 성행하자 어머니들의 기도시간도 길어졌다 지구의 자전 속도가 빨라지자 지기를 싫어하는 사람들이 만든 자동차는 시속 백 킬로미터를 넘어서고 덩치가 훨씬 더 큰 지구는 사람이 만든 자동차의 열여섯 배로 자전하기 시작하면서 지구도, 사람들도 머리가 어지러워지기 시작했다 제자리를 돌다가 어지러워진 지구는 태양의 주위를 공전하기 시작했다 먼 태양 주위를 돌면서 지구는 더 빨라지고 빠른 것을 좋아하기 시작한 사람들은 컴퓨터를 만들어서 빨리빨리 문화를 즐겼다 사람들에게 질세라 지구는 시속 십만 팔천 킬

로미터로 태양을 돌기 시작했다 바람 잘 날이 없는 지구에서 사람들은 마음도 바빠지고 지구가 고마운 줄을 잊기 시작했다 천문학자들은 요즈음 우주 나침판을 만들어서 새로운 지구별을 찾기에 혈안이 되어 있다

감사

같은 일도
생각의 차이에서 감사가 온다

잠 못 이루는 짙은 어둠이 감사한 것은
새벽이 가까워서고
매서운 겨울도 고마운 건
봄이 가깝기 때문이다

오늘 하루도 감사해요
뭐가요?
양지 녘 햇살이 포근해서요

어제도 감사했어요
아니 그건 또 왜요?
겨울비,
이거 아무나 맞는 거 아니잖아요

TV 깜짝 프로그램에서다
아내가 남편에게 전화를 건다

여보세요

바쁜데 왜 그래

당신 사랑해요

뭐? 니 오늘 뭐 잘못 묵었나

고마움은 어긋난 언어에서도 고인다

그리움이란

그리움이란
그림을 그리다가
문득 움찔했다는 말인지 모르겠어요

당신이 보고 싶어서
당신을 그린다는 게
당신을 본 지 하도 오래 되어서
그리워서 거울을 보다가
세수를 하면서 눈물을 훔치다가
내 얼굴이 마음속 당신의 얼굴에 오버랩되었다가
당신을 그린다는 게 내 얼굴이네요
움찔했어요

그래도 그리움이란
마음속 당신을 그리는 것일 겁니다
당신의 얼굴이 생각나지 않는 건 너무 슬픈 일이지만
당신을 만날 수 없는 것은 더욱
가슴 먹먹한 일이지만
붓을 들고 얼굴을 그립니다
나를 그렸을망정 두꺼워진 물감 뒤에

당신이 녹아 있고
당신을 쓰고 싶어서
'그리움'이라는 단어를 씁니다
그 속에 당신이 있습니다

무명 개그맨

삼류 개그맨 삼룡이는
늘 배가 고팠다
웃길 줄을 몰랐으므로

그날도
웃길 줄 모르는 조연과 함께
무대 막이 올랐다

무대 뒤에서 전해진 메모 한 장,
– 아버지 사망,
  급 귀향 요망

울 아부지가 죽었대유
슬픔에 서러움까지
제법 눈물도 펑펑 쏟았다

관객들이 박장대소를 했다
드디어 연기다운 연기를 하는구먼

'드디어 뜨기 시작했어'
세상을 뜨신 아부지는 이 소식만 기다렸을 텐데…

무명 개그맨은
더 소리 내어 울었고
관객들의 폭소는 길게 이어졌다

어머님의 뽁뽁이 소리

잠결에 들리는 소리
뽁뽁 뽁 뽁 뽁뽁
야야 들리냐

그래요 좋네요
많이많이 터뜨리세요
밤을 새워서라도요

불효가 방울방울 터지고
외로움이 목을 매는 소리

뽁뽁 뽁 뽁 뽁뽁
내 이 재미로 산데이
이거 뭣보다 사랑한다 아이가

뽁뽁이 터지고
밤은 깊어가고
노친네는 오늘밤도 쉬지 않으신다

오래오래 사세요

엄마 머리칼을 닮은

뽁뽁이가 널브러질 무렵

손길은 멈추고

방바닥에 새벽이 하얗게 늘어졌다

보고 싶다

외로움은
솜털처럼
바람만 불어도
가슴을 간지른다

그리움은
이슬처럼
생각만 해도
속눈썹에 맺힌다

보고픈 마음은
어디고 갈 데가 없어
마냥
가슴속만 맴돈다

사람, 사랑, 삶

사람은 늘 뭔가를 저지릅니다

'사람'이 오른쪽 아랫도리 좀 모난 구석을 쪼아 내면
동그래지고 '사랑'이 시작됩니다
모난 받침 ㅁ 모서리를 깎아내면 ㅇ, 사랑을 하게 되고
사랑,
말만 들어도 가슴이 뛰는

사람이 지게 작대기 하나 걷어치우고 뭉치면
'삶'이 어우러집니다
아기자기하고 두루뭉술한 삶이 전개되지요
힘겹지만 사연 많은 삶 하나쯤은 나도 짊어지고 삽니다
삶,
그 이름만 들먹여도 가슴 먹먹해지는

라떼를 마시면서

내 스타일은 영국식이라고들 했다

원두커피 반 스푼 넣고
뜨거운 물을 붓고
아침을 젓는다
어제 배달된 유월의 목장 이슬 몇 모금 더,
갈색 아침이 뿌옇게 흐려지는 시간

부산 앞바다를 낚다가
거제도를 젓다가
해금강 에머럴드 블루에 마음을 적시고
안섬을 베개 삼아 밧섬을 발치에 덮고
해마다 바람의 언덕을 꿈꾸었다는

창 너머 비탈길이 모두 출근하고
커피에는 목장우유가 기본이라는 잉글리쉬 에티켓,
반쯤 비우고 나자
무슨 소식 없나
사건 많은 티브이를 켜고, 다시 톡을 열고
아침이 목젖을 타고 내려가는 동안

점심 먹으러 가자고 서둘러 사건이 종결되었다
떼 지어 꾸불꾸불한 골목으로
오전이 사라졌다

젓다가 젖었던 아침이 가고,
하루가 또 시작되고
헛헛한 입안에서 아이스크림처럼 녹을 시간이다
새벽이슬 같은 우유를 넣어 얼린

간절도

파도치는 바닷가 소원의 항구에서
배를 띄워라
깜깜한 미명에 돛을 올려라
달이 뜨면 달빛을 따라서
별이 뜨면 시리우스를 따라
남으로 남으로
노를 저어라

부풀어 오르는 돛 깃
가슴 가득 차오르는 염원
거친 물살을 휘젓는 아랫노
두 팔을 전율시키는 윗노
염원의 바다를 가르는 간절함

풍랑은 부푼 돛을 흔들고
배는 파도를 삼켰다가
끝없이 하얀 포말을 내뱉는다

소금물보다도 더 짠 염원이
가슴 가득 엉겨 올 즈음

간절함이 닿은 곳에는
응집된 소망이 섬이 되어 기다리고 있었다

사람들은 이 섬을 간절도懇切島라고 부른다

호산나

어린 나귀를 타고 오십니다

호산나,
이제야 오십니다

샹젤리제 거리를 지나
웅장한 개선문을 통과하지도 않고
금빛 나는 투구에 번쩍이는 창검 기치도 앞세우지 않고
늠름한 기상과 승리의 함성을 지르는 승리의
군사를 거느리지도 않은 채

오직 자기를 닮은 나귀 새끼 등에
얇은 몸을 얹으셨습니다
언제나 꼭 같은 베 두루마기 하나에
향유 옥합으로 씻기신 긴 머리칼과 맨발 샌들을 신으시고
언제나 맑은 호수가 담긴 듯
연민의 눈망울로 땅을 내려다보시고
이슬 젖은 하늘가에서 기도하시던
타는 눈빛으로 하늘을 우러르셨던

예루살렘아
이제야 내가 너를 돌아보겠노라
이스라엘아 이제 잠에서 깰지어다

낮아지신 몸으로
낮은 곳에 오셔서
낮은 우리를 구원하러 임하셨습니다

호산나,
이제야 오셨습니다

신세계

남들처럼 서둘러 들어가려는데
정문 잔디밭 앞 팻말이 주의를 준다
들어가지 마시오
나를 밟으면 아파요

무얼 그리 급히 달려가나요
계단에서 넘어져 다치는 수가 있어요
눈에 잘 띄지도 않는 발밑의 까만 글씨
단차 주의

회전문 앞에서 또 주의를 준다
틈 사이 발 조심
개라고 다 대접을 받는 건 아닌가 보다
안내견 OK, 반려견 출입금지
남자들, 윗주머니에 넣더라도 불바람은 피우지 마세요
금연 구역
윗 층으로 올라가야 하는데 잔뜩 겁을 주는 엘리베이터 앞
손대지 마세요
문틈 끼임 주의
무작정 기대하다가는 실망의 구렁텅이로 추락합니다

기대면 추락위험

도대체 할 수 있는 게 뭔가요
너무 많아요
동공을 빠르게 회전시키는 아이쇼핑부터 시작해서
선남선녀들의 허파가 한껏 부풀려지는 일 층 쇼윈도
육칠 세 아이들의 꿈과 상상이 펼쳐지는 육칠 층 키즈숍

저기 줄 선 거 안 보이세요
없는 게 없는 이상한 나라의 엘리스예요
그저 쇼핑만 많이 하시면 돼요
좀 부담스럽다구요?
호갱님, 카드 긁으면 되잖아요
맘대루 들어와 많이 긁고 많이 밟으세요

여기는 신세계,
잔디밭이 아니니까요

베델의 제단

헤르몬산
세겜 골짜기를 가로지르는
모래바람에 깎이고
차가운 서리에 모서리가
닳아버린 돌판이어야 한다

크지도 작지도 않고
한 마리 짐승의 심장 두 쪽을 올릴 수 있는
넓이면 되리라

베델과 아이 사이
돌단을 쌓아라
채 식지 않은 심장을 얹어 놓아라

뚫린 가슴을 지나가는 바람을 따라
제단 발치에 무릎을 꿇어라
제단 아래로 흐르는 피가 굳기 전에
차가운 냉기에 얼어버리기 전에
잃어버린 소원을 얹어놓아라

억새

억새를 흔드는 것은 바람만이 아니다
바람개비는 언제나 강가 그곳에 서 있지만
오늘의 강물은 어제의 강물이 아니듯
뒷바람이 앞바람을 밀어낸다
새들도 잠시 머무르다
억새를 흔들고 지나간다

나는 아직 강가에 서 있다 억새처럼
나는 하늘을 날지 못한다
습관의 겨드랑이에 돋았던 깃털은 퇴화된 지 오래,
달마다 쌓이는 생의 고지서가
발목을 잡는다
버리기로 한다

빈 들판에 나를 내려놓고 소매에 불을 지른다
내가 타고 고지서가 타고
바람이 춤을 추기 시작한다

날지 못하는 억새 머리 위로 불새가 날아간다
내가 날아간다

공 소묘素描

연습이 없는 내 인생의 공 그리기를 생각한다

보이는 대상을 그리는 석고 소묘와는 달리
어떤 모양인지도 모른 채
시간의 연필을 깎아서 가냘픈 인생의 선을 그어왔다

아버지 무덤 앞에서 아픔과 눈물의 선이 겹치고
바람 같은 명예를 좇느라 땀과 고통의 선이 엉키는 지면,
이마의 주름을 닮은 명암이 생기고
닳아가는 연필 끝에서
소리 없이 드리우는 짙은 그림자를 데리고
형체를 드러내기 시작한다

아픈 기억을 지울 지우개도 없고
아쉬웠던 시간을 다시 옮길 종이도 없는
나의 인생 스케치북,
선을 긋지 않아도 연필은 닳는

오늘도 나는 가는 연필로 미완성의 공을 그린다

이별 연습

눈에 마른 소금을 넣고
껌벅거리지도 말아야 한다

귀는 철창문같이 걸어 잠그고
뒤를 돌아보지 않아야 한다

머리는 심연이 소용돌이쳐도
지우고 또 지워야만 한다

가슴은 겨울강가에서 얼음찜질하듯
차가워져야 한다

온몸으로 부딪쳐야만 한다

기도

당신에게 다가가는 것은
바닥을 모르는 우물에
끝없이 두레박을 드리우는 일입니다

당신을 묵상하는 것은
이 우물 속으로
두 눈을 감고
무작정 얼굴을 들이미는 일입니다

당신을 그리워하는 것은
그 우물 속에서
떨어진 눈물의 흔적을
찾아보는 일입니다

새해 소원

수많은 소원과 축복들이
무제한 통화, 종이 한 장 필요 없는
전파를 타고 하늘로 솟아오르더니
지난 새벽에 차가운 공기에 응고되어
아파트 난간에도, 가로수 위에도 하얗게 쌓였다

올해에는 꼭 시집가야지
금년에는 무슨 소원이든지 꼭 이루어지길 바란다
좋은 일만 가득한 한 해가 되길 빌게요
항상 행복하세요

마시지 않아도 목이 축여지고
먹지 않아도 배가 불러오는 새해 소원들이
가슴마다 흘러내리고
마당에는 만나가 가득 뿌려졌다

송구영신 예배를 다녀오는 길
소원들이 하얗게 깔리고
새벽 한 시,
잠이 오지 않았다

화초머리

아름다운 것도 죄란 말인가요
나는 화초머리 신부예요 신랑이 없는

황금 비녀를 꽂으면
곤장 백 대
꽃잠은
꿈만 꾸어도 천벌

자식을 낳는 일은 죽음에 해당하는 죄
알콩달콩 백년해로는 무저갱에 빠질 죄

피투성이라도 살라고
태어난 것이 죄인
나는 화초花草머리 신부예요

* 화초머리 : 조선시대 기생이 첫날밤 후 올리는 머리
**꽃잠 : 신랑신부의 결혼 첫날밤

제2부

봄, 기다림은 **단단**했다

기다림은 단단했다

지구가 오른쪽으로 비스듬히 기울자
내 마음에서 외출한 당신을 따라
겨울도 시작되었다

북풍을 타고 겨울은 오는 것이 아니라
지구의 기울기 때문이라는 것쯤은
익히 알고 있었지만
겨울나무가 벌거숭이로 빈 벌판을 나선 것을
그땐 당신의 외출처럼 이유를 알 수 없었다

마른 가지에 여전히 매서운 바람이 불고
저녁마다 마지막 버스는 아쉬움을 내려놓았고
시간은 매화나무 가지 끝에 매달려서
녹았다 얼었다 반복하면서 하얗게 꽃눈을 형성해 갔다

바람만 다녀가던 버스 종점
얼음과 시간과 바람의 계절을 건너온 꽃봉우리를 따라
겨울만큼이나 긴 당신의 외출이 끝났다는 신호인 양
가지마다 봄의 정령이 맺히고
까닭 없이 하늘이 맑았다

보리

얼었던 겨울을 갈아
그리움을 심었는데

굳은 껍질을 깨고
연둣빛 소망이 싹텄다

바래버린 바람의 언덕에
푸른 그대가 자라나고

눈에 봄이 물들더니
가슴까지 젖어들었다

꽃이 봄을 피운다

봄소식이란 신문 지면에 실린 가짜뉴스일 뿐

나무들은 지난 가을까지 열심히 하늘을 달려
푸른 잎이 빨갛게 멍들도록 열매를 만들고
꽃눈이 북풍에 얼지 않도록 혼신의 힘을 다했다

차가운 땅은 소문도 없이 녹고
나무뿌리들은 깜깜한 땅속에서 얼음을 녹이고
움은 여기저기 소식도 없이 돋아 잿빛 땅을 찢는다

잔설이 채 사라지기도 전
봄처녀 옷깃이 기웃거리기도 전
그리고 남풍이 바다를 건너오기도 전에
밭두렁 매화랑 산수유랑 산등성이 생강나무랑
다투기 시작했다
소식도 없이 꽃은 피고 봄이 시작되었다

꽃을 본다고 사람들은 봄이라고 부르기 시작했다

꽃이 봄을 피우기 시작했다

진달래

퇴고개 공원 어스름한 언덕길
낙엽은 여전히 지난가을의 추억에 잠겨 있고
소나무들은 겨울의 기둥처럼 우뚝우뚝하다

문득
잠자는 숲을 깨우는
연분홍빛 호젓한 순결

밤을 지새운 눈빛이
아직도 부끄러운 듯
소나무 등걸에 얼굴을 가린다

이른 새벽
서둘러 봄을 깨우는 건 부끄러움이 아니다

단연코 찬란한 봄의 혼불이다
잠자는 숲을 지나
어두운 세대를 살아가는 이들
가슴을 물들이는 연한 설레임이다

설유화 雪柳花[*]

햇살이 눈부신 윤사월 어느 날
여린 소원들이 가느다란 가지가지를 휘감아
하늘을 향한다

어저께 내린 비에
마디마다 방울 눈물 어리더니
연푸른 잎사귀를 비집고 무리 지어 돋아나는
소박한 소망의 다발

지나가는 사람마다 소원을 빈다

슬픈 누이 같은 눈꽃이여, 내 누이의 부케가 되거라
소복한 쌀밥을 닮은 너, 올해 농사 그저 풍년이 되게 빌어다오
우리 아이들, 너처럼 소담스럽게 자라도록 기도해다고

나도 먼 남녘 하늘을 우러러 마음을 모은다

이 늦은 봄날
그곳에도 피었을 것을 생각하며
오늘도 마음을 모아 비노라

그대, 부디 당신을 닮은 이 구름언덕만 걸으소서

눈꽃이 눈부신 윤사월
간절함이 소복이 쌓여가는 아침

* '가는잎조팝나무'의 일본명인 유키야나기^[雪柳]에서 유래 된 이름.

오늘은 단비

후드득
끊겼던 소식 들이닥치듯 느닷없는 빗소리
새벽녘 교회 처마를 두드리는 리듬이
어린 반주자의 피아노 소리처럼 살갑고
오랜만에 만난 자매의 미소를 닮았다

텃밭 완두콩
시무룩했던 잎 자락은 이내 진주 방울을 머금고
가녀린 촉수를 말아 올린다

만개했던 벚꽃잎 춤사위 날리더니
빗줄기에 화장발 지우듯
남은 꽃잎마저 보도블록 사이로 빨려 들고
꽃 진 자리 눈물 자국이 새순에 덮이고 있다

멀리 그대의 머리숱도 훔치고
내 뺨도 적시고
우리의 가슴들로 촉촉이 스며들 때
슬픈 흔적 사이로 돋아나는 설렘,
말없이 젖어드는 사위四圍

연둣빛 봄이 벌판을 높푸르고
오늘은 단비,
마당 한구석 고인 물웅덩이에 비친
하늘이 유난히도 맑다

벚꽃 블라우스

회색빛으로 얼룩진 길
흙먼지 가득한 아스팔트도 걸음을 멈추고
찌든 삶의 냄새도 사그라지고
질주하던 자동차도 숨을 죽였다

분홍빛 천지
검은 아스팔트가 길을 내어주고
회색 가로등이 나팔을 불고
선남선녀의 들뜬 발길 가운데로
향기 가득 머금은 눈길로
저만치 화사한 블라우스가 말을 걸어왔다

부활의 아침

마지막 나팔소리 울렸는가
죽은 군상들이
두꺼비 등껍질 같은 외투를 벗고
아이보리 축포를 쏘아 올린다

기다리던 축제의 폭죽처럼
목마른 사슴에게 터치는 샘물처럼
삼십삼 년을 세 번 더 세고*
드디어 열린 천국의 향연

부활의 아침
함성이 거리를 메운다

응어리가 봄눈처럼 녹아내리고
가슴 가득 울리는 봄의 정언명령

다시 깨어나야겠다
다시 살아야겠다

*2021. 4. 14. 99년만에 벚꽃이 제일 먼저 깨어났다고 한다.

부활의 계절

겨울이 있어서 봄이 오듯
그리스도의 십자가 고난
그 죽으심을 받으시고
하나님은 아들의 부활을 허락하셨습니다

먼 옛날
무지개로 아브라함에게 언약하셨던
그 구원의 완성이
빈 무덤을 넘어 낙원에서 강림하시던 감격이여

봄꽃이 피던 날
죽은 나무 등걸이 소생하는 것은 보았고
천년 묵은 연꽃 씨앗도 때가 차매
싹이 나고 꽃이 피는 것도 보았느니

마르다와 함께
죽은 나사로를 살리신 주님의 기적도 만났건만
너희, 도마와 같은 자들이여
"너는 나를 본 고로 믿느냐
보지 못하고 믿는 자들은 복되도다"

책망하듯 말씀하시는 주님

사월의 봄꽃 필 때마다
다시 오실 그날,
다시 사신 당신을 기다립니다
아멘 주여 어서 오시옵소서

봄

봄은 바라봄이다
내가 그대를

봄은 돌아봄이다
그대가 나를

봄은 피어남이다
그대의 미소로

봄은 살아남이다
그대 안의 나로

된장독

늦은 봄 땅속 골방에서 시작했다
하늘을 똑바로 바라보아야 한다
태양이 뜨거울수록 좋다
적당히 목이 말라야 간절해진다
소원이 콩알만 해도 좋았다
그저 송글송글 맺히기만 하소서

바닷가에서도 이미 시작되었다
염천 아래 갯벌은 바닥에 배를 드러내고
하늘을 똑바로 올려다보았다
하얀 염원, 어린 어미의 뽀얀 가슴같이 솟으소서

다시 온 어느 봄날 오후,
바위샘에서 길어온 정화수 떠다 놓고
마당 한쪽에 증조모 마디손 같은 해묵은 된장독

대지의 결정結晶과
바다의 소원과
바위샘의 눈물이 버무려져
피정避靜에 들어갔다

도다리 미역국은 이유가 있다

남쪽 바다 출신들이
투박한 냄비 안에서 만났다

장모님 젓국 통에서 소금에 버무려져
두 해를 숨죽이며 기다려 온 거제도 멸치젓국이
오랜만에 친정 나들이 온 딸을 만난 그녀처럼
묵은 바다 냄새를 뱉어낸다

파도를 따라 일렁이던 미끈했던 몸이
여름 자갈밭에서 주름투성이가 되어버린 채
진도를 떠나 온 마른 미역은
젊음을 바다 물질로 떠내려 보낸
장모님 이마를 닮았다

낚시꾼 바늘 덕분에 남해 뻘 바닥을 나와
눈 하나로 어물전 구경 잘하던 도다리,
냄비 속 같은 집에서 도다리처럼 엎드려 살던
늙은 그녀에게 세상 소문을 건넨다

멸치젓국이 진한 바다 냄새를 풀어놓자

가슴까지 풀어 헤치고 온몸을 내어 준 진도 미역,
오른 눈이 도다리도 생의 마지막 헌신을 준비한다

반가운 그녀의 숨소리 너머
작년보다 더 주름진 손등이 바쁜데
보글보글 진한 정성이 끓어오르고
냄비 속 작업이 잦아든다

고향 바다를 향한 잠깐의 묵념

거제도 처갓집
뜨거운 도다리 미역국이 시원한 것은 이유가 있다

가는 봄

화사한 봄기운에도
감기 걸린 듯한 군상들이
바쁜 얼굴을 반만 가린 채 외면한다
반겨주는 이 없는 꽃들이 서운한 듯 벌써 채비를 한다

매화도 자취를 감추고
목련도 길을 나서고
조팝나무도 꽃보다 새순 내기에 바쁘다

봄은 가려고 오나 보다

옷깃을 여미는 삼월이 가기도 전에
목련 꽃잎은 땅에 떨어져 얼룩이 지고

벚꽃이 화려한 가로수길
꽃구경도 나서지 못했는데
비 오고 바람 불자
벌써 길바닥을 하얗게 수놓고 있다

꽃은 지려고 피나 보다

줄장미

선홍빛 소원이
부끄러운 듯
하얀 격자 울타리에 걸렸다

오월 내내
더는 넘을 수 없는 자락에서
계절에 달구어진
골목길은 목이 마르고

시간이 갉아먹은
녹색 줄기 아래
기다림마저 길을 잃었다

유월의 길바닥에
한 잎 한 잎
해체된 소원이
붉은 입맞춤을 한다

기다림은 단단했다

제3부

여름, 비非를 기다리며

비雨를 기다리며

현관에 우두커니 서 있는 우산처럼
마음 접지 못했습니다

비가 오지 않는 날, 그대 소식도 오지 않는 건
당연한 건가 생각했습니다

소문조차 먹구름 같았던 날, 비가 내렸고요

우산에 덮인 먼지를 털고
습관의 꽁무니를 따라 문밖을 나섰습니다
젖은 머플러가 저어기쯤 펄럭일까 봐
자꾸 삐져나오는 옷깃 같은 마음을 가리려고
회색 우산을 펼쳤습니다

신음조차 꾹 다문 부슬비가 살 끝을 타고 내리고
우산 밖으로 빗길이 흐느적거리고
젖어드는 건 우산 속 가슴뿐이네요

비 오는 날, 그대는 아직 오지 않았고요
우산이 나와 함께 길을 갑니다

자주 망초

자세히 들여다볼 일이다

아름드리 참나무 그늘 밑
엉성한 그물망 울타리 너머로
앙증맞은 망초꽃 몇 포기

등산객 눈길은 산언덕을 향하고
일벌조차 관심이 없는 꽃

세미한 꽃잎 사이로
애기 땅벌만 소리 없이 드나든다

잦아든 바람 사이로
잔잔한 초여름 아침을 여는 생명들 속에서
드러나는 자줏빛 순수

망초꽃 시인이 남긴 사랑이 핀다

비의 어원

비는 우리나라에서
비는 것으로부터 유래되었다

비나이다 비나이다
비를 기다리며 오랜 한발에 간절히 빌다가
비나리다 비나리다로 와전되어
비는 하늘에서 비가 내리도록 비는 데서 생겨난 말이었다고

비가 내리지 않는 삼 년 가뭄에
비는 손길이 정한수 떠 놓고 기다린 끝에
비보다 더 반가운 딸 아들을 얻었다는 이야기도 있고

비 오는 날
비빔밥 먹고 싶어서
비 맞고 자라난 오이, 상추, 양파, 가지 넣고
비빈 비빔밥에 부른 배를 어루만지며
비비는 건 배나 비빔밥이나 마찬가지라는 아무말잔치

비를 기다리는 마음으로 마당을 쓸고
비처럼 임이 올까 봐 머리 미리 빗질하고

비 맞으며 익는 항아리 속 막걸리에 기다리는 마음 고이고

비는 풀을 기르고 양을 먹여 우리 아기들 젖이 되고
비는 물고기로 강을 살찌우고 산을 푸르게 한다며
비는 언제나 고마운 것이라는 우리 조상들,
비를 기념한 돌을 비석이라 했다는 말이 맞는 것 같기도 하고

물가
 - 삶의 쳇바퀴를 사랑하기 위하여

새 대신 새장에서 쳇바퀴를 돌리는 다람쥐
떨어져도 다시 돌을 굴려 올리는 시지프스의 신화랑
섬에 갇힌 로빈슨 크루소가 생각나는데
아내가 다짐을 준다

요새 물가가 장난이 아니에요

건넌방에는 물가를 모르는
장난감 공룡들이 레고 숲속에서 길을 헤매고
오늘도
비싸서 슬픈 삶의 수레바퀴를 돌려야 하는 남자
회색빛 도시 속으로 집을 나선다

뜨거운 아스팔트 위를 구르는 쳇바퀴들이 숨을 고를 무렵
노을처럼 늘어진 어깨너머로
우편함에는 고지서 더미가 쌓여 있고
번호표 뽑아 들고 눈치 보듯
내 새가슴을 닮은 작은 방으로 숨어들다
딸아이에게 들키고 말았다

아빠, 물가가 장난이 아니었어

유치원 물놀이 다녀온 딸아이의 이마가 뽀얗다
그래, 물가가 장난을 쳐도 물가는 언제나 시원하지
쳇바퀴를 도는 다람쥐 같은 우리가 어찌 알겠나
긴장이 풀리는 사내의 얼굴에 딸아이가 안겨든다

고추밭 풍경

태양이 점점 고개를 치켜세우자
지난봄을 덮어 버린 검은 비닐은 사라지고
온 들판이 녹색 깃발로 뒤덮인다

하늘을 찌르듯
날개를 드리우는 잎새 그늘에서
쥐눈이콩알만 하던 열매는
코가 점점 길어지고 있다

바라는 비는 오지 않고
이른 새벽 간간이 내리는 이슬도
위로가 되지 않고
불볕은 점점 남쪽 하늘을 태우고
북녘 저녁까지 데워도
고추는 곧추 세우기만 한다

기나긴 폭염도 끝나가고
여기저기 소나기 소리가 들려오더니
속셈이 드러나기 시작했다
붉은 놈들은 죄다 골라내서

하얀 마대 감방에 처넣어라
하늘 무서운 줄 모르고 콧대만 높던 녀석은 사라져라
다시 녹색 깃발이 여전해진 들판

달궈진 태양 아래
전사 같은 농부의 얼굴에 검푸른 미소가 번진다

땅콩 사랑

하늘을 향해
푸른 줄기 뻗어
노란 꽃망울 터치더니
마디마디 하얀 촉수를 내린다

아직은 아니야
캄캄한 장막이 앞을 가로막고 있어
땅속은 너무 무서워
개미굴 속처럼 헤맬지 몰라

벌판은 더욱 두려워
겁 없이 길을 나선 지렁이처럼
방향감각을 잃고 말라 죽는 것은 아닐까
생장점은 잠시 초점을 잃고 방황한다
길은 하나밖에 없어
낮아지고 또 낮아져야지
원래 사는 게 이런 거 아니겠어

더는 햇살을 견딜 수 없어
불안한 장막을 비집고

어둠 속으로 촉수를 뻗는다

여린 촉 끝에서
한여름 밤의 이슬
뜨거운 대지를 가로지르는 바람
귀뚜라미 노랫소리를 따라
한 생명이 시작되고 여름이 익어간다

하나는 외로워서 안 돼
쌍태를 밴 누에고치를 생각해 봐
굼벵이가 유혹하듯 속삭인다
점점 불러오는 배를 맞대고
두 쪽 사랑이 익어간다

패러디의 종말

쥐새끼만 하다면
눈알을 부라려 보기라도 하겠다

콩알만 하다면 깍지를 벗겨서라도
흰콩인지 검정콩인지 알아보겠다

획 하나가 안 보여서 모르는 거라면
내 잘못인지 네 잘못인지 돋보기 들이대서라도 밝혀 보겠다

구멍 숭숭 뚫린 마스크를 못 사서
여자 팬티를 뒤집어쓴 후진국의 군상들은
티브이에서나 보이는 장면일 뿐

코까지 반은 가려서
뻐드렁니를 드러내지 않고도 웃을 수 있어서
자랑스러운 젊은 남자들

립스틱을 바르지 않게 되어서 기쁜
입술이 못 새긴 여자들

얼굴이 반쪽인 손님들이 반으로 줄어도
최저임금은 연년이 올라서 더 기분 좋은
식당 아줌마부대들

하얀 가운들이 숨 막힐 때
노란 안전복이 더 시원하다며
매주 월요일 아침 11시
푸른색 넥타이를 풀고 마이크를 드는 사람들

이도 저도 아닌 민초들은
여름 내내
궂은비만 내리 맞았던 여름이었다

호야가 선을 넘다

퇴고개공원길
굳게 닫힌 문앞 깨어진 화분 곁에서 주워온 아이
붕어처럼 물만 마셔대며 마루에 널브러져서
눈 밑까지 마스크로 얼굴을 가린 채
세월의 붕대를 길게 감았다

울음은 언제 터뜨리려나
손짓, 발짓은 언제나 하려나
잊혀진 것은 시간만이 아니라는 듯
소원을 빌던 두 손마저 내려놓은 어느 날

잔잔한 호수에 낚싯줄 던지듯
출발점에 선 경주마에 가느다란 채찍을 휘두르듯
우리집 꼬마 녀석 구층 발코니에서 오줌줄기 갈기듯
메마른 대지에 한 가닥 물총 쏘듯

화선지를 건너지르는 일필휘지
붉어졌다가 창백해졌다가 다시 파래지는
허공을 향해 달리는 선

밤을 새운 강태공의 낚싯줄에 붕어 새끼 한 마리 걸리고
겨드랑이에 소름 돋듯
날갯죽지가 비쭉 솟는다

기다림에 지치는 순간 야호의 메아리가 울려 퍼진다
호~~~야
노란 부채를 펼치자
관객 없는 외줄 타기 춤사위가 시작된다

냄비에 물이 끓듯 여름이 데워지고
모든 익어가는 것들에게는
넘어야 할 선이 있다

환삼덩쿨

농부의 여름밭은
뜨거운 숨만 내뿜는 한증막

하루에 삼십 센티미터 자라는 환삼덩쿨
벌레 먹은 씨대추나무 목을 조르고
황소 오줌 갈기듯 가시줄기를 뻗고
망나니처럼 온 들판 누비며 쑥대밭을 만든다

바다에 빠뜨린 노처럼 분을 버려라
불평하지 말고 욕을 삼켜라

농부는 빈 땅을 차지하는 의인
늦가을 들판을 평정하는 서리 앞에서
비로소 철인이 된다

백두산 천지

천사백사십 계단을 올라
산정에 서서
푸른 바다를 본다

한민족의 한이 응어리져
하늘에 올라
바람과 비를 몰았구나

안개 구름 사이로
모습을 드러내는
영산의 맑은 정기에
하얀 염원들이 환호하고

다시 앞을 가리는 운무처럼
눈 가에 이슬 시리고
차가운 바람이 가슴을 치는
조국의 영봉과 어머니여

두만강

노래처럼 그 푸르던 물결이
슬픈 세월의 무게에
피를 토하다가
바래고 바래서
누런 황톳물이 된 것일까

아무렇지도 않게
조국 땅 풀숲은 수십 미터 앞에서 무성하고
육십 년을 넘어서도
닿을 수 없는
아버지들의 아버지의 강물 위를 가른다

새파란 중국 사공 녀석은
선글라스 너머 무심한 눈빛으로
강을 건널 줄 모르는 뗏목 배를
앞으로 앞으로만 밀어 올리고

스마트폰 카메라들은
오늘도 건널 수 없는
강물을 담기에 바쁘고

'두만강 푸른 물에' 서글픈 합창에
목이 메인 것도 잠시,
잃어버린 조국, 멍든 우리 산하를 눈앞에 두고
기약 없는 길을 떠나야만 한다

강을 가로지르는 녹슨 철로가 석양에 붉다

독도

가장 먼저 해가 뜨고
가장 먼저 해가 지는 곳
바람은 구름과 더불어 쉬어가고
괭이갈매기가 바위틈에 알을 품고 세대를 이어 가는 곳
흙은 모자라도 부족함이 없고
육지는 멀어도 바위섬 둘은 어깨가 맞닿아 있다

큰가재바위 수중 정원에는 바닷가재 대신 톳이 오돌돌
독립문바위는 순국선열들이 세운 개선문
코끼리바위는 언제나 바닷물을 코로 들이키고
떨어질세라 천장굴 위에서 서로 붙들고 한 오백 년, 민초종용

파도소리에 내 소리는 늘 묻히고 마네, 참소리쟁이
바닷물에 잠긴 섬 아랫도리를 부여잡은 감태랑 대황
그걸 다시 부여잡는 대왕문어
그 사이를 재밌다는 듯 배도라치, 돌돔, 파랑돔 숨어들고
말만 한 쥐치라고 말쥐치
숨어 살다 혹 붙은 혹돔은 그래도 숨어 살고
제주를 떠나 새 고향에 온 지 오래라는 자리돔까지

해국은 구절초의 조상답게 작은 키에 흰 수염을 달고
술파랭이꽃, 갯까치수영, 섬초롱꽃까지 오순도순
탕건 쓴 서도, 형님 눈치 사며 해녀바위 끼고 사는 동도
'저 멀리 동해 바다 외로운 섬'이라니
니들, 한 번이나 가 봤어야 알제

우리 바다 동해의 갈라파고스
두고 온 영원한 배달민족의 섬향[島鄕]
오늘도 독도는 외롭지 않다

소리길에서

고향 합천에 있는
소리길이 궁금해졌다

물소리가 와글와글
소리를 지르며 달려든다

솔바람이 소리소리 솔솔
길목마다 손짓한다

뻐꾸기, 소쩍새, 까치도 거든다
온 산을 넘나들며
소문을 내는 소리꾼들

물소리, 바람소리, 새소리
소리꾼이 득실거리는
내 고향 소리길

금수봉

졸참나무는 외롭지만
오늘도 하늘을 향해 작은 손바닥을 펼치며
푸른 열매를 품고 있다

신갈나무는 쓸쓸하지만
바람을 친구 삼아
신나는 휘파람을 분다

정상은 언제나 숨이 차지만
위로 푸른 하늘을 이고
아래로 세상을 한눈에 담아낸다

기다림은 단단했다

제4부

가을, 그대를 우려내다

그대를 우려내다

멀리 비단강에
그대의 숨결이 녹아들어
가을 햇살처럼 반짝이고

강물 한 컵
몰래 담아 와서
차를 끓인다

그대도 모르는
그대의 마음이 끓어오르고
쟁여 둔 갈색 소원을 털어 넣어
차를 달인다

유리창에
주인 없는 차향만 서럽고
우려낸 뜨거운 한 잔의 차,
갈한 목줄기를 지나
헛헛한 가슴에 뜨거운 설움을 쏟는다

은행 소고

은행잎으로 세상이 온통 노래질 때
은행가는 황금을 떠올리고
불을 켜지 않아도 온통 금고 안이 환해져서 좋아한다

영화감독은 이제나 저제나
황금종려상을 갈망한다

농부는 황금빛 들판을 생각하며
싯누런 이빨로 희죽 웃는데
얼굴은 누런색이 겹쳐서 황인종답다

아이들은 소득 없는 딱지치기 하려는 듯
은행잎 수집에 나선다

한겨울 구들목에서 화롯불에 굽는 은행 알
푸른 여름이 알몸을 드러낼 때
비로소 노릇노릇한 노란 맛의 정체가 밝혀진다

겨울 화롯가에서
한여름이 입안에서 오물거린다

가을이 오면

가을이 오고
다시 바람이 분다

바람은 낙엽을 흔들고
날개 없는 낙엽의 몸짓
빙그르르
허공을 휘젓다가
거대한 지구의 중력에
가냘픈 소원이 퇴색되고 있는 나무 밑

바스락,
많이 보고 싶었어요

아담한 카페 창가
식어가는 커피 한 잔 너머
빛바랜 약속이 뒤척이는 소리

바람이 불고
다시 가을이 쌓인다

민들레는 달력을 두려워하지 않는다

달력은 나를 두려워한다

구내식당 입구 양지바른 언덕
민들레가 노랗게 입술을 내밀던 날
빳빳한 달력이 내 손에 찢겨 나갔다

나는 달력을 두려워한다

목련이 지면 어쩌나
유월 장미꽃잎 다 떨어지면 어쩌나
장미 푸른 잎마저 지고 나면
두어 장 남은 달력이
내 가슴을 찢을까 봐

울긋불긋 단풍 들고
벼 벤 논둑 사이로 피어난
가을 민들레가 속삭인다
가을에도 봄을 피울 수 있어요

내 가슴속 가을 민들레는 달력을 두려워하지 않는다

요즘 좀 물렁해졌어요

요즘은 좀 물렁해졌어요

유월의 연둣빛 유혹에도 눈을 감고
칠월의 뜨거운 햇살에는 아예 선글라스를 끼고 살았어요
먼 수평선만 바라보는 바닷가 바위였는데
요즘은 자주 뒤를 돌아보네요

잊혀 가는 계절에
헌 바지처럼 헐렁해졌다가
철 지난 해수욕장의 모래성같이 될까 두렵네요
그대마저 낙엽 지듯 망각의 저편으로 돌아앉을 것 같은

기다림의 껍질은 빨강인데
가을비가 가슴속에 고였어요
버티다가 몇 알 남지 않은 까치밥같이
달랑거리는 달력이 가슴 저리네요
겉은 아직 탱탱한데 속은 너무 말랑말랑해졌답니다
그래도 촛농처럼 흘러내리지는 않을 겁니다

솔솔바람에도 휘청거리면서
이슬 젖은 가지에 간신히 매달려 있어요
석양 그림자보다 더 서럽고
마른 단풍보다 짙은 립스틱 빛으로요

화살나무는 왜 붉은가

쌩쌩 도망가는 놈
우르릉 쾅쾅 코뿔소의 굉음
번쩍번쩍, 휙휙 스치는 불여우의 꼬리
새벽부터 도시의 길은 아우성이다

여름 내내
사정없이 태양에 달구어진 아스팔트가
회색빛을 잃어가는 동안
화살나무는
푸른빛을 잃어가면서 얼굴을 붉혔고

햇볕에 찔리고
아우성치는 굉음에 두들겨 맞아
채 가을이 오기도 전에
손바닥은 핏빛으로 물들여져 간다

화살이 없는 화살나무는
고통 속에서도
어기지 않는 약속처럼
흐르는 물 같은 시간이 곁에 있었다

현재란 언제나 화려한 독버섯
색도, 향기도, 아름다움도 없는
고통의 밀림이지만
시간은 재빠른 손길로 화살나무를 반겼다

누가 먼저 그를 향해 손수건을 흔들었는가
화살나무가 회색 밀림의 언저리에서 웃고 있다

철쭉 일기

창가의 흰 벌판을 기는 개미들만 상대하다 보면
한랭전선과 온난전선이 한반도 상공에 머무는 바람에
세탁소가 바빠졌다는 걸 잊고 살았는데
벌써 가을이 서두르는 길목이다

마감이 가까워지는 시월을 드문드문 기웃거리는 게
영락없이 내 모습을 닮았다
사십에 이십을 더한 고개를 넘겨도
여전히 불혹不惑*을 떼어내지 못해서
길 꽃에 바람처럼 눈길이 혹하고
매번 틀리는 일기예보 마냥 변덕스럽기만 하다
비가 오거나 안개가 끼었다가 땡볕이 되었다거나

느닷없는 친구처럼 당혹스러운 너를 배운다
낙엽이 진다고 누군가에게는 가을이 아니듯이
꽃이 핀다고 해서 나에게는 봄이 아니라는 것을

계절을 모르든, 철없이 꽃이 피든
나는 이 가을을 지나고 있다

* 논어 위정편 제4장에 나옴. 사십이불혹(四十而不惑)

순천만 늪지

수억의 갈대가
오늘도 키를 잰다

철새만 수천 년을 오갔던 늪
늙은 구렁이처럼
늪을 휘감아 가로지르는 한 줄기 물길
잔잔한 파문으로 갈대를 갈지르고

하루를 힘겹게 넘기는 낙조 빛에
나그네의 얼굴이 물든다

갈무리

때가 되었습니다

덩치 큰 호박이 시드는 줄기를 끊어낼 때가 되었습니다
진한 추억 가득 담아서
여름은 참으로 둥글었습니다
대추도 이마에 불그레 반점이 생기더니
마지막 남은 푸른빛은 갈변이 되었습니다
강도 흘러가고 가을마저 갈 채비를 마쳤습니다

몇 알 남지 않은 왕방울 같은 대추 열매
한 개를 베어 무니
입에 한가득 여름이 달달하네요
속은 여전히 푸른빛이 꽁꽁 쟁여져 있습니다

가슴속에 여름을 욱여넣는 건
나도 마찬가지입니다
쑥쑥 자라나는 들깨를 바라보면서
연신 땀을 훔쳤습니다
공룡 흉내 내면서 더듬거리던
어린 손주는 하루가 다르게 계절의 언어를 깨우쳤고

오이, 호박, 고구마도 배웠습니다

나는 여름 보고서를 적고 있습니다
여름은 연다고 여름이라 하고
가을이 되니 갈무리하고 마실 갈 준비 중이라고 말입니다

들깨걷이

퍽퍽
참았던 한여름을 두들겨 팬다

차르르
농염한 가을이 쏟아진다

탁탁
알알이 사연을 다 털어내고 나면

우수수
지워버린 기억이 갈색 무덤이 되어 쌓인다

낙엽 소문

붉은 소문이 공원을 가득 채우고 있었다

엘로우 북에서 소문이 퍼지고
노란 눈동자들이 떨어지면서
소문의 냄새를 풍겼다
공원을 떠도는 말 한 마디에 개구리눈이 되고
빨간 찌라시가 지면에 쌓이는 소리,
종일 종편이 종치는 소리가
사람들의 귀를 자극한다

바람 앞의 책장처럼 뒹구는 낙엽
구경꾼들이 소문 뒤로 사라지고
공원을 쓸던 청소부도 보이지 않는다
울긋불긋한 목소리로 채워진 바닥
무성한 감정만 바스락거리는데

이 가을, 쌓인 낙엽은 누가 치우나

주인 없는 공원
바람만 머물다 흩어진다

사고 많은 곳

저녁 햇살은
듬성해진 수목 사이를 지나 이맛살에 흐르고

좌우로 늘어선
형형색색의 군상들 저 너머로
터널 출구와 같은 끝자락은 홀린 듯 아득하다

한여름을 불태웠던 혼들이 어지리운 길

붉은 별들이 길바닥에 널브러졌다
사람마다 노란 병아리 날개를 밟고 지나가야 한다

발밑은 가을에 치인 시체 투성이다
어지럽다
문득 길가의 표시판이 눈에 들어온다

'사고 많은 곳'

번쩍, 햇살이 발밑을 노리고 있다

낙엽의 이유

낙엽이 붉어지는 것은
누군가의 눈을 즐겁게 함이 아니다
지나간 푸른 여름이 아파서
가을이 흘리는 눈물자국이다

낙엽이 노랗게 지는 것은
아직도 달린 마른 열매가 애처로워
가지가 날리는 서러움이다

갈색 낙엽이 바닥에 누운 것은
격렬했던 푸른 하늘 아래
한 때를 풍미했던
보랏빛 기억의 베개를 베고 싶기 때문이다

그리운 것은 죽어도 죽지 않는다

늦은 가을
배불뚝이들이 푸른 깃발을 세우고
비장한 순간을 기다리고 있었다

온 여름날을 걸어온 허연 다리는
맑은 가을 햇살을 쬔 죄로
싹둑 잘려 나가고
자기 배만 불린 죄로 쩌억 두 동강이 났다

보기에는 하얀 싸락눈 같은 것이
뽀얀 속살에 사정없이 뿌려지고
축 늘어진 새끼 고양이 사체처럼
또 다시 조각조각 해체의 순간을 맞았다

부산한 손놀림
왕성한 아줌마들의 입담 속에
휘저어지고 섞여지고 붉게 화장을 한 뒤
장독 속으로 마지막 장례를 치렀다

땅속에 묻힌 기억처럼

모든 것이 잊혀지던 계절
잘 익은 무 깍두기가 식탁에 올라 인사를 한다

그리운 것은 몇 번이고 조각이 나야 하나 봐요
매서운 것과 혹독함에 절여져서 묻혀 있어야만 하나 봐요
망각의 숙성과정이 있어야만 하나 봐요

그리운 것은 죽어도 죽지 않는대요

은행

그 의미를 끝까지 알아본 사람은 많지 않을 것이다

가을의 신호를 알리는 깃발이 나부끼는 거리를
걸어 본 사람들이야 많을 것이다
지루하기까지 짙고 습습했던
여름이 탈색된 자리에 단연한 반짝임을 누군들 미워하랴

깃발 그 뒤안에 숨어서 영그는 가을을
정작 주목한 사람은 적을 것이다
스크루지 영감처럼 구린내가 난다거나
우리하고는 인연이 닿지 않는 높은 곳에 달렸다거나
우리는 그저 눈요기나 즐기면서 세상을 사는 사람이라거나

옻이 오르더라도 껍질을 벗겨내야 한다
살이 썩어 문드러지는 탈골의 과정을 거쳐야만 한다
하얀 마름모꼴 알갱이가 드러나도록

다시 두골이 깨어져야 한다
뜨거운 프라이팬에서 구워져야만 한다
농염했던 여름이 안으로 안으로

뼛속까지 응축되어

에메랄드빛 결정이 되기까지,

궁중 갈비찜과 칠보죽의 고명으로 드높이 앉기까지

그 의미를 끝까지 추적해 본 사람은 많지 않을 것이다

갈색 편지

늦은 계절 벚나무 아래
부치지 못한 한 장의 편지가 뒹군다
수줍은 듯 붉힌 얼굴에
진한 갈색 마음을 담은

차마 들어가지 못 했던 벚나무길 빵집,
빛바랜 녹색 모시적삼처럼
두고두고 아쉬웠던 그 시절

흐릿하게 금 간 시멘트벽 아래
이삿짐 상자 속 돌아앉은 옛 편지

세월이 지나면 다 그런 거지 뭐

잃어버린 가을이
물 마른 보에서 바람 따라 뒤척이고 있다

제5부

겨울초, 또 다른 **시작**

겨울초[*]

갈무리도 끝나고 풀벌레들마저 사라진 벌판
바람에 쓸려온 낙엽이랑 마른 콩깍지만
고랑에서 버석거리고

떠나는 임의 소맷자락 붙들 듯
틈조차 주지 않는 싸늘한 가슴을 비집듯
점점이 스며들어야 한다
얼음이 땅을 조이기 전에 뿌리를 내리고
무서리가 대지를 뒤덮기 전에 촉수를 뻗쳐야 한다
황량함을 주먹밥 삼아 길을 가는 순례자가 되고
다시 일어서서 웃는 마트료시카 인형이어야 한다

저녁이 되자 하루가 시작되는 중동의 날짜 계산법처럼
시작은 끝자락에서 움트고
텅 빈 들판 한구석
옷깃 여민 작은 가슴을 닮은 이랑에서
잿빛은 새로운 생명의 터전이 되고
어둠을 부끄럽게 하는 연둣빛이어야 한다

침묵의 계절을 건넌 생명이

매화꽃 피는 이른 봄보다 더 그리워야 한다

헛헛한 우리 가슴이 푸른 요정처럼 두근거려야 한다

* 남도지방에서 겨울을 나는 채소 이름

영산홍은 안으로 핀다

옷깃은 더욱 올라가고
회색빛은 더욱 짙어지고
눈도 안 내리고
창밖의 겨울은 암울해져 갔다

무슨 좋은 일 없나

오늘도 껌 씹듯 하루가 오고
어김없이 저녁마다 단물이 빠지고
다음날 뉴스는 벽에 붙여 놓은 어제처럼 딱딱하기만 했다

눈을 안으로 돌리자, 바깥은 너무 어두우므로
새해는 두 번이나 오지만
소식은 소식 소식 소식 …
작은 소리로 잦아들다가 끊겼으므로

어느 날
네 얼굴이 불그레졌다 불쑥
입술도 빨개졌다
무슨 좋은 일이 있었니

아니면 무언가가 부끄러웠던가

겨울이 부끄러웠어요 나도 창밖만 바라보았거든요
무슨 좋은 일이 있냐구요
당신요
눈길이 나를 훔쳤잖아요
내 볼이 방금 바른 립스틱이 되어버렸어요

갑자기 붉어진 겨울이 안방에 수줍다

게발선인장 1

여름 내내
발코니를 배회하면서
바닷가를 목말라하다가

납작게 한 마리가
거실로 걸어 들어왔다

한 발짝에 단풍 들고
두 발짝에 낙엽 지고
어기적어기적 흰 눈이 내리던 날

그리움을 짊어진 푸른 등껍질 아래
슬픔처럼 내뱉는 분홍빛 게거품

집게발에 밟힌 겨울이 얼굴을 붉혔다

게발선인장 2

하필 새벽 보름달 으스스한 겨울일까
왜 눈발이 아스팔트를 어지럽힐 때일까

화사한 봄꽃 정원을 마다하고
장미꽃 넝쿨 화려한 오월도 다 지우고
아롱다롱 단풍잎마저 자취를 감춘 지 오래
귀뚜라미 울음조차 동면하는
올해 마지막 몇 날

방금 목욕장에서 나온 암양처럼 상기된 볼
눈밭을 달리는 사슴의 자태로
발코니를 홀로 빛내는 너,
모처럼 시린 손을 비벼대며 찾아올
어린 손녀의 애교를 닮았구나

벌써 내일이 이브인데
하임이 좋아하는 트리 스위치를 켜 놓아야겠다

메리 크리스마스!

실수

내가 몰랐기 때문에 내 마음이 미안한 것
내가 못 보았기 때문에 눈에 밟히는 것
내가 잘못했기 때문에 나부터 아픈 것

네가 몰랐어도 너를 더 미안하게 한 것
네가 못 보았어도 네 눈에 밟히는 것
네가 잘못한 것이 없는데도 네가 아픈 것

어느 매서운 겨울 저녁
나는 발코니 바깥문을 열어둔 채 잠이 들었다

나는 몰랐을 뿐이고
너는 잘못한 것이 없었는데도
게발선인장,
너는 결코 돌아오지 못했다

돌섬

그곳에 가면
돌알을 품었던 바위의
천년 전설이 강물을 적시고 있다

뙤약볕에 어금니 부스러지고
혹한의 강바람에 팔이 떨어지도록
품고 또 품었던
시간의 산고 속에서
돌알 하나
세상에 태어나던 날

허물어진 잔해,
왕모래톱 눈물무덤 너머
오늘도
강가를 지키고 있는 돌알의 전설이 있다

빼재

덕유산 줄기가 남으로 흐르는 곳에 있는 빼재
남으로 경상남도 거창, 북으로 전라북도 무주
고개를 넘다가 눈물 뺀다고 빼재인가
허리뼈 빠진다고 빼재런가

그곳에 한 늙은이
중년에 홀몸 되어 산중턱에 살았다
뼈빠지게 혼자 딸 아들 기르며 살다가
먼저 간 여편네 땜에 눈물 빼며 지내다가
아들딸마저 타지로 흘려보내고
두꺼비 등줄 같은 세월만 보듬다가
설마다 서러워서 또 눈물 빼며 살았다는 전설이 있다

사람들이 슬픈 이야기라고
빼재 중턱에 돌하르방을 세워 주었는데
어느 해 설부터
돌하르방에서 눈물이 삐져나오기 시작했다
사람들은 신기해서 그 눈물을 받아 마시고
어~ 시원하다면서 깔깔거렸다
낙엽송 서어나무 가지마다 서리 맺히던 계절

설은 해마다 돌아오고
돌하르방도 해마다 서러워서
눈물샘은 마를 날이 없었다

전설은 잊히고 신기한 샘물 소문은 자자해졌다

사르락 사르락 눈 내리는 설날이면
설이 더 서러워서 삐져나온 눈물은
빼곡히 흘러 계곡에 물길을 내고
진한 눈물샘이 더 맛이 있었으므로
빼재는 해마다 발길이 잦아졌다

동면

- 북극의 털벌레

어떻게 이 겨울을 잠들지 않고 견딜 수 있으랴

털벌레는 온 몸을 달팽이처럼 말고
안으로 안으로 와형 동굴에서 겨울을 그린다
그래, 겨울은 동전의 뒷면처럼 동면冬眠의 계절이지
동면은 동전의 뒷면을 닮아서 동그래

찬 서리 내리고 모진 삭풍이 뺨을 스치는 겨울
능선은 길게 얼어 더 동그래졌고
들판은 드넓은 무덤처럼 스무스해졌는데
겨울만 되면 삐죽삐죽 서 있는 키다리는 되고 싶지 않다

얼음새 노란 부리가 납작한 겨울을 쪼아내기 시작하고
검은 개울물 소리 갯강아지를 간지럽힐 때까지
내 생애 다시 봄 눈 동그랗게 뜰 때까지,
나는 북극 털벌레처럼 동면하고 싶다

섬진강 곡성 기차마을, 울음소리 다시 달리고
죽은 벚꽃길, 꽃몽오리 시린 기지개를 켤 무렵까지
겨울이면 나는 동그란 북극의 털벌레가 되고 싶다

고향 밭두렁

밭고랑 사이 신발에 밟히며 매서운 겨울을 견뎌냈어도
시어머니 구부정한 내공에서 나오는
호미의 날 끝에도 꿈쩍 않고 봄을 기다렸어도
냉이는 설날 오후 고향 밭을 뒤지러 나온
며느리 야무진 손끝은 벗어나지 못하였다

잔설을 이고 용케 엉켜서 고향 밭 한가운데를 지키며
제 집 드나들 듯 하는 고라니 입질도 피하고
죽은 척 마른 잎사귀 이불 삼아 북풍 한철을 이겨냈더니
모처럼 다니러 온 막내의 갸름한 손끝에 잡힌
칼날을 피하진 못하였다

마트료시카[*]

나무가 자라는 것은
무성한 그늘로 시원한 여름을 나게 함도 아니고
가을에 열심히 키운 열매를 떨구고
오색 단풍으로 눈을 즐겁게 하기 위함도 아니다

겨울밤
오순도순
통나무 집에서 불 밝히면서
가족의 수를 헤아리는
목각인형이 되기 위해서
자신의 굵어진 가지를 내어줌이다

사랑방
따뜻한 아랫목
할머니 허리를 데울 군불을 지피고
손주 녀석 줄 군고구마를 구울 화롯불을 모으기 위해서
뒤꼍에 채곡채곡 쌓인
장작이 되기 위함이다

* 러시아 목각인형

냉이

남새밭 고랑 사이
구부정한 어머니 발걸음을 따라 다니는 냉이

빛바랜 슬레이트 지붕 아래
닳아빠진 호미를 주렁주렁 달고
죽은 아버지를 생각하는 헛간채처럼
잎 끝자락은 언제나 가늘고 희끗희끗하다

심심하면 제집 드나들듯 하는
고라니에게 뜯긴 줄기는 몽당 빗자루를 닮았고,
자식 기다리며 마당만 쓸다가
손목이 자주 시리는 어머니처럼
남은 잎자루가 차갑기만 하다

밭고랑 사이
눈에 밟히는 냉이가
납작하게 겨울을 건너고 있다

분盆의 몰상식

목동 아파트를 지키는 느티나무나
구석에서 봄부터 가을까지 빨간 남천은 지금도
그곳 뒷마당에 뿌리를 내리고 있을 겁니다
나무니까요

비가 오면 씻기고
눈이 오면 뒤집어쓰고 마냥 서 있을 겁니다
짓궂은 악동들이 그은 커터 자국도 험한 세파의 기록처럼
남아 있을 겁니다
사람 사는 곳의 나무니까요

그러고도 여름이면 느티나무는 티 나게 넓은 그늘을 주지요
사람에게 나무란 그냥 그늘이나 되어주는 존재일 뿐입니다
사람들은 그냥 그래요
사람이니까요

나는 지금 하기동 아파트 9층 유리 창가에 삽니다
오목눈이 둥지 틀 듯 전족*은 작은 분盆 안벽을 맴돌고요
하늘을 찌를 듯 키가 자란다거나
비나 눈 맛이 어떻다거나

계곡의 바람은 왜 시원한지 모르고 삽니다
간혹 창가에 놀러 온 비둘기가 이야기를 들려줄 뿐입니다

유일한 낙은 우리 집 아저씨가 잊어버릴 만하면
수도꼭지 틀어 목마른 저를 머리부터 적셔주는 겁니다
겨울이 되면 한동안 스무 발자국이나 걸어서
안방 발코니로 피정을 갑니다
창가에 메주 걸어둔다고 내가 앉아 있을 자리가 없다네요
나는 나무 같지도 않고
사람은 더더욱 아니고
나무 아닌 나무니까요

* 전족(纏足). 중국의 옛 풍습의 하나. 여자의 엄지발가락 이외의 발가락들을
  어릴 때부터 발바닥 방향으로 접어 넣듯 힘껏 묶어 헝겊으로 동여매어 자라지
  못하게 한 일이나 그런 발을 이른다.

겨울 달

깜깜한 새벽녘
앞 산 아래 가난한 아파트는
목이 더 길어졌고

아파트가 밤새 목을 빼는 까닭은
머물지 않는 바람, 동면하는 뒷산 나무들,
힘든 아낙의 배 속의 잠든 아이들까지
달리 동무가 없었기 때문이다

겨울 새벽 찬 공기를 가르며
초롱초롱한 눈빛으로
가난한 아파트의 목을 밤새워 어루만지는

밤을 새워 누구를 기다려 본 일이 있는가
목을 늘이고
겨울밤을 기다려 준 일이 있는가

가난한 아파트를 비추는 새벽달을 올려다보면서
우리 사랑이 부끄럽지 않던가

겨울 달을 본 적이 있는가

화이트 크리스마스

쉿,
하늘의 별도 숨을 죽이고
공중의 달도 눈을 감았다

먼지 때로 얼룩졌던 보닛 위에
눈가루가 소담스럽고
검은 내 구두 뒤로
하얀 발자국이 따라온다

이른 새벽
널어 둔 추수 쌀을 모으듯
아파트 경비원의 고무래질 손길이 가볍다

메리 크리스마스!

세모

이중창 틈으로 새어드는
세월을 막으려고
새는 그물 같은 커튼을 친다

금 간 나무껍질 같은
늘어나는 이마의 주름이 싫어서
거울은 구석에 치운 채
또 한 해가 지나는 중이다

연말이라고 외출이라고 한 번 하려다가
현관에서 낯선 얼굴이 나를 바라본다
오랜 만일세
헛웃음을 날리자
주름진 거울이
불쌍하다는 듯 따라 웃는다

어긋난 **언어** 또는 **실수**가 이끄는 빛나는 **경험**의 **총화**

권 온_ 문학평론가, 문학박사

어긋난 언어 또는 실수가 이끄는
빛나는 경험의 총화

권 온(문학평론가, 문학박사)

김용호 시인을 이야기하는데 도움을 줄 수 있는 요소들은 다양하다. 그에게는 꾸준함, 성실함, 따뜻함 등이 풍성하게 녹아있다. 김용호는 2011년 등단한 이후 문학회를 비롯하여 다양한 모임이나 집단 또는 그룹 등에서 온건하면서도 활달한 활동을 꾸준하고 성실하게 지속하고 있다. 그는 동시에 시인으로서의 역량을 기르는 노력을 게을리하지 않았다. 2015년에 발간한 첫 시집 이후 8년의 기다림 끝에 간행하는 김용호의 이번 시집은 그런 의미에서 대단히 유의미하다. 필자와 시인은 적지 않은 시간 동안 시와 삶을 매개로 활달하게 교류하고 있는 사이인데, 그의 두 번째 시집을 살펴볼 수 있는 기회가 필자에게 주어진 것은 상당한 행운이 아닐 수 없다. 이 글에서는 김용호의 시집에서 10편의 시를 선별하여 독자들과 함께 살핌으로써 시 세계의 중심에 다가서려고 노력할 것이다. 우리가 각별한 관심을 기울이려는 시편으로는 「감사」「그리움이란」「무명 개그맨」「어머님의 뽁뽁이 소리」「가는 봄」「고추밭 풍경」「물가 – 삶의 쳇바퀴를 사랑하기 위하여」「그대를 우려내다」「은행 소고」「실수」 등이 있다.

같은 일도
생각의 차이에서 감사가 온다

잠 못 이루는 짙은 어둠이 감사한 것은
새벽이 가까워서고
매서운 겨울도 고마운 건
봄이 가깝기 때문이다

오늘 하루도 감사해요
뭐가요?
양지녘 햇살이 포근해서요

어제도 감사했어요
아니 그건 또 왜요?
겨울비,
이거 아무나 맞는 거 아니잖아요

TV 깜짝 프로그램에서다
아내가 남편에게 전화를 건다

여보세요
바쁜 데 왜 그래
당신 사랑해요
뭐? 니 오늘 뭐 잘못 묵었나

고마움은 어긋난 언어에서도 고이다

— 「감사」 전문

김용호는 "같은 일"을 마주하면서 "생각의 차이"를 발견한다. 그에게는 "같은"을 "다른"으로 치환할 수 있는 유연성이 있다. 시인은 "어둠"과 "겨울" 긍정적으로 수용한다. 그는 "어둠"이 "새벽"으로 연결되고, "겨울"이 "봄"으로 이어진다는 사실을 아는 사람이다. 김용호에게 "감사"와 "고마움"은 모든 대상이나 사물 또는 현상을 향한 자연스러운 반응이다. 그는 "겨울비"를 맞은 "어제도 감사"했고, 포근한 "햇살"을 받은 "오늘 하루도 감사"했다. 시인은 "TV 깜짝 프로그램"에서 나온 "당신 사랑해요"라는 뜬금없는 발언에서도 "고마움"을 찾는 심성이 고운 사람이다. 독자들로서는 이 시의 7연에 해당하는 "고마움은 어긋난 언어에서도 고인다"라는 진술에 주목해 볼 일이다. '어긋난 언어'라는 이름의 "우연" 또는 "실수"가 놀라운 경험을 유도하기 때문이다.

그리움이란
그림을 그리다가
문득 움찔했다는 말인지 모르겠어요

당신이 보고 싶어서
당신을 그린다는 게
당신을 본 지 하도 오래되어서
그리워서 거울을 보다가
세수를 하면서 눈물을 훔치다가
내 얼굴이 마음속 당신의 얼굴에 오버랩되었다가
당신을 그린다는 게 내 얼굴이네요

움찔했어요

그래도 그리움이란
마음속 당신을 그리는 것일 겁니다
당신의 얼굴이 생각나지 않는 건 너무 슬픈 일이지만
당신을 만날 수 없는 것은 더욱
가슴 먹먹한 일이지만
붓을 들고 얼굴을 그립니다
나를 그렸을망정 두꺼워진 물감 뒤에
당신이 녹아 있고
당신을 쓰고 싶어서
'그리움'이라는 단어를 씁니다
그 속에 당신이 있습니다

— 「그리움이란」 전문

　언어를 다루는 시인의 태도는 섬세하고 진지하다. 그는 연상 작용을 적극적으로 활용한다. 김용호에 의하면 "그림"은 "그리다"로 이어지고, "그리다"는 "그리움"으로 연결된다. '그림'→'그리다'→'그리움'으로의 연상은 단순한 '언어유희'를 넘어선다. 여기에는 시적 화자 '나'와 '당신' 사이에 숨어있는 특별한 '감정'이 위치한다. "당신을 만날 수 없"고, "당신의 얼굴이 생각나지 않는" 상황은 '나'에게 "너무 슬픈 일"이 되고, "가슴 먹먹한 일"이 된다. 이 시를 읽는다는 것은 감정의 구체화를 실현하는 일과 다르지 않다. 그리움, 슬픔, 먹먹함 등의 감정을 '그리다' 또는 '그림'이라는 어휘에 담아 행동하고 실천하는 김용호는 주목할 만한 시인이 아닐 수 없다.

삼류 개그맨 삼룡이는
늘 배가 고팠다
웃길 줄을 몰랐으므로

그날도
웃길 줄 모르는 조연과 함께
무대 막이 올랐다

무대 뒤에서 전해진 메모 한 장,
"아버지 사망
 급 귀향 요망"

울 아부지가 죽였대유
슬픔에 서러움까지
제법 눈물도 펑펑 쏟았다

관객들이 박장대소를 했다
드디어 연기다운 연기를 하는구먼

'드디어 뜨기 시작했어'
세상을 뜨신 아부지는 이 소식만 기다렸을 텐데……

무명 개그맨은
더 소리 내어 울었고
관객들의 폭소는 길게 이어졌다

—「무명 개그맨」 전문

시인이 집중하는 대상은 "무명 개그맨" 또는 "삼류 개그맨 삼룡이"이다. '개그맨gagman'은 대중을 웃기거나 즐겁게 하는 일을 하는 사람인데 이 시에 등장하는 '삼룡이'는 "웃길 줄을 몰랐"다. 웃길 줄 모르는 개그맨이었기 때문에 삼룡이라는 이름 앞에는 '무명無名' 또는 '삼류三流'라는 수식어가 붙어 있었다. 삼룡이의 개그gag는 "무대" 위에서의 어설픈 '연기演技'에 불과할 뿐이었다. 대중을 웃길 줄 모르는 인기 없는 개그맨이었으므로 삼룡이는 "늘 배가 고팠다" 다행스럽게도 김용호는 삼룡이에게 극적인 전환의 계기를 제공한다. 아버지가 사망했다는 소식을 전해 들은 이후 삼룡이의 개그는 "연기다운 연기"에 근접한다. 삼룡이의 개그에는 이제 "슬픔", "서러움", "눈물"이 담기게 된다. 삼룡이의 개그는 '연기'가 아닌 '현실'로 바뀐다. 7연 3행의 "관객들의 폭소는 길게 이어졌다"라는 진술은 막다른 골목길에서 뒤늦게 찾은 삼룡이의 대박을 의미한다. 인생의 아이러니는 이렇게 힘이 세다.

잠결에 들리는 소리
똑똑 똑 똑 똑똑
야야 들리냐

그래요 좋네요
많이많이 터뜨리세요
밤을 새워서라도요

불효가 방울방울 터지고

외로움이 목을 매는 소리

뽁뽁 뽁 뽁 뽁뽁
내 이 재미로 산데이
이거 뭣보다 사랑한다 아이가

— 「어머님의 뽁뽁이 소리」 부분

우리가 이 세상에서 살아갈 수 있는 근원적인 계기를 마련해준 사람이 있다. 우리를 낳아 준 그 사람의 이름은 '어머니'이다. 김용호는 이 시의 독자들에게 어머니와의 내밀한 에피소드를 제공한다. "어머님", "노친네", "엄마" 등으로 지칭되는 어머니가 몰두하는 대상은 "뽁뽁이"이다. '뽁뽁이'는 포장된 물건이 외부 충격에 의해 손상되는 것을 방지하기 위한 포장용 비닐 곧 '에어 캡air cap'을 의미한다. 어머니가 올록볼록한 작은 공기주머니들로 이루어진 뽁뽁이에 몰두하는 이유는 공기주머니를 터뜨리는 재미가 쏠쏠하기 때문이다. "야야 들리냐", "내 이 재미로 산데이/ 이거 뭣보다 사랑한다 아이가"라는 어머니의 발언은 생생한 현장감을 전달하기에 부족함이 없다. 뽁뽁이 터뜨리는 소리에서 삶의 재미를 느끼는 어머니를 바라보는 아들의 심경은 다소 착잡할 수 있다. 아들은 뽁뽁이가 터지는 소리에서 어머니의 "외로움이 목을 매는 소리"를 들었고, 뽁뽁이가 "방울방울 터지는" 소리에서 자신의 "불효"를 깨닫고 있기 때문이다. 독자들로서는 아들의 입장에서 엄마를 이해하려는 태도가 돋보이는 유머러스하면서도 교훈적인 시를 기억해야겠다.

화사한 봄기운에도
감기 걸린 듯한 군상들이
바쁜 얼굴을 반만 가린 채 외면한다
반겨주는 이 없는 꽃봄이
서운한 듯 벌써 채비를 한다

(……)

봄은 가려고 오나 보다

(……)

벚꽃이 화려한 가로수길
꽃구경도 나서지 못했는데
비 오고 바람 불자
벌써 길바닥을 하얗게 수놓고 있다

꽃은 지려고 피나 보다

— 「가는 봄」 부분

김용호가 이 시에서 주목하는 대상은 "봄"과 "꽃"이다. 그에게 '봄'은 '꽃'이고, '꽃'은 '봄'이다. 시인이 내세우는 "꽃봄"은 '봄꽃'일 수 있는 것이다. "매화", "목련", "조팝나무", "벚꽃" 등 다채로운 꽃들은 "화사한 봄기운"이나 "화려한 가로수길" 등 향연으로서의 봄을 대표한다. 우리는 일반적으로 왕성하게 성장하는 국면에 관심을 기울이기 쉽다. 다가오는 '봄'이나 피어나는 '꽃'에 주목하는 사람들이 많다는 의미이다. 김용호는 간과하기 쉬운 측면에 집중함으로써 신선한 경향성을 확보한다. 이 시의 3연과 6연 곧 "봄은 가려고 오나 보다"와 "꽃은 지려고 피나 보다"에서 독자들은 '봄'이 가는 것, '꽃'이 지는 것에 유의하게 된다. 시인은 '오는 봄' 대신에 '가는 봄'을 제안하고, '피는 꽃' 대신에 '지는 꽃'을 제안한다. 눈에 쉽게 보이는 플러스 요소들이 아닌 눈에 쉽게 보이지 않는 마이너스 요소들을 강조함으로써, 김용호는 눈에 보이지 않는 요소들을 통찰하는 이로서의 시인을 건축한다. 필자는 여기에 하나의 진술을 덧붙이고 싶다. '사람은 죽으려고 사나 보다'.

태양이 점점 고개를 치켜세우자
지난봄을 덮어버린 검은 비닐은 사라지고
온 들판이 녹색 깃발로 뒤덮인다

하늘을 찌르듯
날개를 드리우는 잎새 그늘에서
쥐눈이콩알만 하던 열매는
코가 점점 길어지고 있다

바라는 비는 오지 않고
이른 새벽 간간이 내리는 이슬도
위로가 되지 않고
불볕은 점점 남쪽 하늘을 태우고
북녘 저녁까지 데워도

고추는 곧추 세우기만 한다

기나긴 폭염도 끝나가고
여기저기 소나기 소리가 들려오더니
속셈이 드러나기 시작했다
붉은 놈들은 죄다 골라내서
하얀 마대 감방에 처넣어라
하늘 무서운 줄 모르고 콧대만 높던 녀석은 사라져라
다시 녹색 깃발이 여전해진 들판

달궈진 태양 아래
전사 같은 농부의 얼굴에 검푸른 미소가 번진다
— 「고추밭 풍경」 전문

제목이 가리키는 바와 같이 이 시는 "고추밭 풍경"을 포착한다. 동시에 이 작품은 "농부의 얼굴"을 놓치지 않는다. 시인은 여기에서 '자연'의 풍경과 '인간'의 얼굴을 포괄하는 셈이다. 김용호가 실천하는 묘사는 감각적이고 개성적이다. 우리는 2연 3행~4행의 "쥐눈이콩알만 하던 열매는/ 코가 점점 길어지고 있다"라는 진술에서 이를 확인하게 된다. 또한 3연 6행 "고추는 곧추 세우기만 한다" 역시 눈길을 끄는 진술이다. '고추'와 '곧추'의 연결은 단순한 언어유희를 뛰어넘어서 강렬한 의지를 생산하기 때문이다. 김용호의 시 「고추밭 풍경」을 이야기하면서 빼놓을 없는 요소로는 '색色'이 있다. 1연에서의 "검은"과 "녹색", 4년에서의 "붉은", "하얀", "녹색" 그리고 5연에서

의 "검푸른" 등이 연출하는 다채로운 '색'의 향연은 독자들의
마음을 참을 수 없는 감동으로 고양한다.

　　새 대신 새장에서 쳇바퀴를 돌리는 다람쥐
　　떨어져도 다시 돌을 굴려 올리는 시지푸스의 신화랑
　　섬에 갇힌 로빈슨 크루소가 생각나는데
　　아내가 다짐을 준다

　　요새 물가가 장난이 아니에요

　　건넌방에는 물가를 모르는
　　장난감 공룡들이 레고 숲속에서 길을 헤매고
　　오늘도
　　비싸서 슬픈 삶의 수레바퀴를 돌려야 하는 남자
　　회색빛 도시 속으로 집을 나선다

　　뜨거운 아스팔트 위를 구르는 쳇바퀴들이 숨을 고를 무렵
　　노을처럼 늘어진 어깨너머로
　　우편함에는 고지서 더미가 쌓여 있고
　　번호표 뽑아 들고 눈치 보듯
　　내 새가슴을 닮은 작은 방으로 숨어들다
　　딸아이에게 들키고 말았다

　　아빠, 물가가 장난이 아니었어

　　유치원 물놀이 다녀온 딸아이의 이마가 뽀얗다

그래, 물가가 장난을 쳐도 물가는 언제나 시원하지
쳇바퀴를 도는 다람쥐 같은 우리가 어찌 알겠나
긴장이 풀리는 사내의 얼굴에 딸아이가 안겨든다
　　　　　　―「물가 – 삶의 쳇바퀴를 사랑하기 위하여」 전문

　시적 화자 '나'는 "남자" 또는 "사내"이다. '나'에게는 "아내"
와 "딸아이"가 있다. '나'와 '아내'와 '딸아이'는 '가족'을 이루
며 "삶"을 영위한다. '나'의 눈이 포착한 대상은 "새 대신 새장
에서 쳇바퀴를 돌리는 다람쥐"이다. '나'는 '다람쥐'를 보면서
"시지푸스" 또는 "로빈슨 크루소'를 생각한다. '시지푸스'나 '로
빈슨 크루소'는 엄청난 고난 앞에서도 삶의 희망을 포기하지
않는 인간의 의지를 보여주는 인물들이다. 쳇바퀴를 돌리는
다람쥐를 관찰하면서 '나'는 '삶'이라는 이름의 무거운 쳇바퀴
또는 수레바퀴를 돌리는 스스로의 모습을 확인한다. '나'가
삶의 무게를 상기하게 된 계기는 '아내'와 '딸아이'의 발언들이
다. "요새 물가가 장난이 아니에요", "아빠, 물가가 장난이 아니
었어" 등의 발언에서 우리는 '물가物價'의 위력을 실감한다. "비
싸서 슬픈 삶"은 "고지서 더미가 쌓여 있"는 "도시"에서의 삶
을 뜻한다. 김용호에게 도시의 삶은 물가의 압력을 견뎌야 하
는 슬픈 삶만은 아니다. 그는 6연 2행의 "그래, 물가가 장난
을 쳐도 물가는 언제나 시원하지"라는 진술에서 상품이나 서
비스의 가치, 물건의 값으로서의 '물가'와 함께 물이 있는 곳의
가장자리로서의 '물가'를 아우른다. 언어를 섬세하게 구분하
면서 삶의 긍정성을 획득하는 진정한 시인이 이렇게 태어난다.

멀리 비단강에
그대의 숨결이 녹아들어
가을 햇살처럼 반짝이고

강물 한 컵
몰래 담아 와서
차를 끓인다

그대도 모르는
그대의 마음이 끓어오르고
쟁여 둔 갈색 소원을 털어 넣어
차를 달인다

유리창에
주인 없는 차향만 서럽고
우려낸 뜨거운 한 잔의 차,
갈한 목줄기를 지나
헛헛한 가슴에 뜨거운 설움을 쏟는다

—「그대를 우려내다」전문

시인이 여기에서 주목하는 대상은 "그대"이다. 김용호는 주요 인물 '그대'를 활용하여 작품의 제목을 "그대를 우려내다"로 결정한다. 시인은 동사 '우려내다'와 '그대'를 연결함으로써 독자들의 낯설고 신선한 상상력을 소환한다. 그에 의해서 "비단강" 또는 "강물"은 컵에 담긴 "차"로 전환된다. 곧 이 시는

'강물' → '차' → '그대'로 연결되는 구성을 취한다. 김용호는 "가을 햇살처럼 반짝이"는 '강물'에서 "그대의 숨결"을 떠올리고, "뜨거운 한 잔의 차"에서 "끓어오르"는 "그대의 마음"을 생각한다. 요컨대 시인은 '강물'이나 '차' 같은 외부의 대상에서 '그대'라는 인물의 '숨결', '마음', "설움" 등 내면의 무늬를 파악한다. 이와 같은 전환 또는 치환의 구도는 이 시의 기억할만한 특징이 된다.

은행잎으로 세상이 온통 노래질 때
은행가는 황금을 떠올리고
불을 켜지 않아도 온통 금고 안이 환해져서 좋아한다

영화감독은 이제나 저제나
황금종려상을 갈망한다

농부는 황금빛 들판을 생각하며
싯누런 이빨로 희죽 웃는데
얼굴은 누런색이 겹쳐서 황인종답다

아이들은 소득 없는 딱지치기 하려는 듯
은행잎 수집에 나선다

한 겨울 구들목에서 화롯불에 굽는 은행알
푸른 여름이 알몸을 드러낼 때
비루소 노릇노릇한 노란 맛의 정체가 밝혀진다

겨울 화롯가에서
한여름이 입안에서 오물거린다

―「은행 소고」 전문

김용호는 언어를 향한 남다른 감각의 소유자이다. 앞에서
살핀 시들 중에서 「고추밭 풍경」에서는 "고추"와 "곧추"를 노
출하였고, 「물가 - 삶의 쳇바퀴를 사랑하기 위하여」에서는
"물가物價"와 "물가"를 제시하였다. 동일하거나 비슷한 소리를
품은 어휘들이 의미의 차이를 보여준다는 점에서 시인의 시도
는 생산적이고 참신하다. 이번에 제시된 「은행 소고」 역시 언어
를 향한 시인의 섬세한 감각을 보여주기에 부족함이 없다. 그
는 이 시에서 "은행"을 생각하고 고찰한다. 김용호가 이해하는
'은행'은 다양한 영역에서 전개된다. 첫째, "은행잎"으로 대표되
는 '색'의 영역이다. 둘째, "은행가"로 대표되는 '돈'이나 '부富'의
영역이다. 셋째, "황금종려상"에 담긴 '명예'의 영역이다. 넷째,
"황금빛 들판"에 담긴 '자연'의 영역이다. 다섯째, "황인종"에
담긴 '인간'의 영역이다. 여섯째, "은행알"로 대표되는 '맛'의 영
역이다. 요컨대 시인이 파악하는 '은행'은 은행나무의 열매로
서의 '은행銀杏'과 금융 기관으로서의 '은행銀行'을 두 개의 핵심
으로 내세우면서 독자의 상상력을 최대치로 끌어올린다.

내가 몰랐기 때문에 내 마음이 미안한 것
내가 못 보았기 때문에 눈에 밟히는 것
내가 잘못했기 때문에 나부터 아픈 것

네가 몰랐어도 너를 더 미안하게 한 것
네가 못 보았어도 네 눈에 밟히는 것
네가 잘못한 것이 없는데도 네가 아픈 것

어느 매서운 겨울 저녁
나는 발코니 바깥문을 열어둔 채 잠이 들었다

나는 몰랐을 뿐이고
너는 잘못한 것이 없었는데도
게발선인장,
너는 결코 돌아오지 못했다

— 「실수」 전문

    이 시에서 시적 화자 '나^(내)'는 반복적으로 등장한다. '나'의
반복적인 등장은 매우 긴요한 대상으로서의 '너'와 무관하지
않다. '나'는 스스로를 이렇게 진단한다. "내가 몰랐기 때문에
내 마음이 미안"하다. "내가 못 보았기 때문에 눈에 밟"힌다.
"내가 잘못했기 때문에 나부터" 아프다. '나'는 무엇을 못 보
았고, 무엇을 몰랐으며, 어떻게 잘못했다는 걸까? "어느 매서
운 겨울 저녁/ 나는 발코니 바깥문을 열어둔 채 잠이 들었던"
것이다. 매서운 겨울바람이 발코니에 있던 '너'를, 아무것도 모
르고 아무 잘못도 없던 "게발선인장"을 "결코 돌아오지 못"하
는 그곳으로 보내버린 것이다. '나'의 치명적인 "실수"로 인해
'너'와 이별을 맞이하게 되었다는 게 이 시의 골자이다. 김용호
가 '실수'에 대한 시를 세직힌 이유 는 무엇일까? 그는 우리에

게 다음과 같은 메시지를 전달하려는 게 아닐까? '실수해도 좋아', '실수해도 괜찮아', '때로는 모를 수도 있어', '때로는 못 볼 수도 있어', '때로는 잘못할 수도 있어' 그리하여 시인은 우리에게 있는 그대로의 자신을 받아들일 것을 제안하는 것인지도 모르겠다. 이제 실수는 우리에게 '우연'이자 '기회'로서 작용하여 '더 나은 길', '새로운 가능성'을 열어줄 수 있는 계기가 된다.

이 글은 10편의 시를 중심으로 김용호의 제2시집에 담긴 시세계를 점검하였다. 그의 시에 등장하는 시적 화자 '나'와 시인의 거리는 가깝다. '나'와 김용호를 겹쳐서 바라볼 수 있는 경우가 적지 않다는 이야기이다. 가령 「어머님의 뽁뽁이 소리」나 「물가 – 삶의 쳇바퀴를 사랑하기 위하여」 같은 작품을 보면서 독자들은 '어머니', '아내', '딸' 등의 인물들과 진솔하게 소통하는 시인의 모습을 확인한다. 또한 우리는 「실수」라는 시의 '나'에게서 김용호의 따뜻한 심성을 목도한다.

필자는 시인의 시 세계에서 언어에 대한 섬세한 감각을 눈여겨보았다. 김용호는 「그리움」에서 '그리움', '그림', '그리다' 등 일련의 유사한 어휘를 제시하였다. 또한 그는 「고추밭 풍경」에서 '고추'와 '곧추'라는 비슷한 단어들을 배치하였다. 시인은 「물가 – 삶의 쳇바퀴를 사랑하기 위하여」에서 동음이어의 관계에 놓인 '물가物價'와 '물가'를 보여주었고, 「은행 소고」에서도 같은 발음과 다른 의미를 갖는 '은행銀杏'과 '은행銀行'의 구도를 제시하였다. 독자들로서는 이와 같은 언어 배열에서 시를 읽는 신선한 재미를 느낄 수 있겠다.

김용호의 시를 읽는다는 것은 따뜻한 인간미를 경험하는 일과 다르지 않다. 「감사」에 잘 나타나 있듯이, 그에게는 '감사'나 '고마움' 같은 감정이 내재화되어 있다. 시인은 같은 시 마지막 연에 "어긋난 언어"라는 표현을 제공하였다. 필자는 김용호의 시 「실수」에 등장하는 '실수'와 「감사」에 등장하는 '어긋난 언어'를 동일하거나 유사한 맥락에서 포괄할 수 있는 표현으로서 인식하였다. 시인은 따뜻하고 관대하다. 넓고 깊은 마음의 여유를 갖고서 사람, 사물, 사회, 자연, 세상을 향한 긍정의 메시지를 전달하는 이의 이름은 김용호이다. 아인슈타인Albert Einstein에 의하면 "실수를 한 적이 없는 사람은 새로운 것을 시도해 본 적이 없는 사람이다.(A person who never made a mistake never tried anything new.)" 김용호는 실수를 두려워하지 않는 사람이다. 그는 실수에서 감사와 고마움, 기회와 가능성 등 새로운 것을 획득한다. 우리는 앞으로도 김용호 시인의 시가 실수를 뛰어넘는 빛나는 경험으로 충만하기를 희망한다.

문힘시선 030

기다림은 단단했다

발행일 2023년 10월 31일

지은이 김용호
펴낸이 이순옥

펴낸곳 도서출판 문화의힘
　　　　등록 364-0000117
　　　　주소 대전광역시 동구 대전천북로 30-2(1층)
　　　　전화 042-633-6537
　　　　전송 0505-489-6537

ISBN 979-11-984312-6-4
ⓒ 김용호 2023
저자와 협의로 인지는 생략합니다.

* 저자와 출판사의 서면 허락 없이 무단 도용하거나 발췌하는 것을 금합
  니다.
* 잘못된 책은 구입하신 곳에서 교환해 드립니다.
* 이 책은 대전문화재단의 지원을 받아 출간되었습니다.

　　대전문화재단

값 11,000원